歌文集

鍵をあける女

後藤由美香
Goto Yumika

歌文集　鍵をあける女

風はどこから

初恋を忘れずにいる　林檎、薔薇、檸檬、そのころ覚えた漢字

春眠のひろき海から出でて舞う鯨をみたと話したくあり

手に持てる男のコンビニコーヒーの香りは揺らぐバスに合わせて

老人もくしゃみは若き爆発音マスクの人らの仲間に我も

にぎやかな十人十色の音がする　くしゃみが断てり春の陽気を

春めきて百足あわてて横切りぬ一本ずつに意思あるごとく

春嵐だまし絵のごと雲乱れときに巨大な白うさぎ浮く

朝採りのタケノコの皮むく時にグリッグリッと春讃える音

パック詰めハウス栽培たらの芽の苦味は春の憂いをふくむ

春眠に着替え競争の夢みたと嬉しげな君にトマトジュースを

絶妙の保護色うつくしあおむしは檸檬の若葉を伸縮して食(は)む

アスパラガス・タケノコ・グリンピースなど野菜室にも春こんもりと

ガリガリと珈琲豆を挽きながら訊ねたいことミの音で聞く

実感がほしくて四時間かけて焼く　パン焼きマシンを仲間と呼ぶ午後

フランスパン切るとき小声で「クー・ラ・クー」フランス帰りの友まねてみる

珈琲に牛乳泡立て注ぐときローリング・ストーンズの舌が眼の端に

約束を守らぬ男と秘密もつ女が暮らす尼寺の跡

痩せたとて八十キロのマッチョなる夫（おっと）はつねに車間距離近し

手の甲に宿題書いていたころとそう大差ない昨日の日記

読みかけて置かれしままの新聞の切り取られたる四角気になる

マンモスの精子を探す人のいる記事の隣に電気自動車

手話をするゴリラ逝きたる記事を読む　コスモス揺らす風はどこから

ぐこぐこと声たてゴリラは笑うらし平和のポーズをゴリラも持てり

アインシュタインの予言

ありもせぬドラマを見せる優しき脳ほのかに紅く灰白の春

蜂蜜の山桜の香スプーンから人差し指に移せば春が

「ミツバチが消えれば四年で人類滅ぶ」アインシュタインの予言息つめて読む

体内に春を告げくるホルモンが女王蜂と私にもある

蜜瓶にスプーン入れる二秒ほど微かな抵抗あらがえぬもの

洗面所壁のコックが顔に見え話しかけおり天気のことなど

初物を食めば寿命は伸びるらし本当かしらと箸をのばしぬ

つまずきて片づけの皿落としたりさっき伸びたる寿命が縮む

新しきものに定位置わたすこと待っていたよに卵茹でられ

艶めいた柔き若葉が伸びをするいろいろな色のランドセルの列

真っすぐな飛行機雲はゆるゆると指さすさきから春の霞に

四つ辻で自転車止めれば前輪の反射板からプリズム生まれる

お決まりの通勤道を歩くときパン屋の香り春めき軽し

筆立てて園児らが書く「はる」の字が色とりどりに踊りだす朝

まぶしさよ四月の汗に水色のシャツの背中に青き羽みる

恋猫の会おうアオウと高らかに日の長くなり春のくるなり

水筒の蓋からつぶやく声がして聞き耳たてる猫をみている

鳥の絵のポストカードを探すひと無口な鳥のそばに我も立つ

気にかかるめざめの夢に引きずられセーターの色まよいて選ぶ

女学生カバンに下げたパスケース、ミッキーマウスは誰にでも笑む

原点

五年前の夏、当時、東京藝術大学の学長であった宮田亮平氏の講演を聴く機会があった。
宮田亮平氏は新潟県佐渡市出身の金属工芸作家である。作品の主なモチーフは「イルカ」。藝大進学で故郷を後にする時、船上から見たイルカの美しさに感動したことが元になっているそうだ。
講演会のテーマは「夢を探そう」。「美術館へ行った時だけ気持ちをアートなモードに変えるのではなく、見方を変えるだけで、日常の中に美を見つけることができる」という内容だった。講演の最後の質疑応答で、宮田氏は佐渡での幼少期のエピソードを話された。私には、それがその日一番印象に残った話となった。
宮田氏の佐渡の家では、子どもは朝起きると、まず筆で文字の練習をした。終わると皆で部屋の掃除をして、それから朝ご飯を食べるという毎日であったという。兄弟そろって、それぞれ一文字、毎朝違う漢字を書く。母親は、ほめたり直したりするわけではないが「昨日と違うのぉ」とか「面白い形だなぁ」と言ってくれ、それが嬉しくて小学校入学前から兄たちと一緒に書いていたそうだ。

朝の習慣で、宮田氏がもう一つ気に入っていたことがあった。寒い佐渡のこと、早朝の水汲みは難儀なので、硯(すずり)には前の晩に水を入れておく。その硯の水の表面に薄氷が張る。紙ほどの薄いその氷を墨の端で突っついて「ぱりっ」と割って墨を磨りはじめる。その瞬間が好きだったと話された。そういう日常の小さな出来事が宮田氏の美的感覚の原点を作っているのだと私は感動した。

講演会の帰り道、ならば、私の美意識の原点は何だろうかと考えてみた。

私は小学生のころから書道を勉強している。「書」は白と黒の芸術である。なぜ白い紙に黒い墨で書くのか。それには理由がある。例えば青い色は「空」を、緑は「木々」を、赤なら「夕焼け」を連想させる。しかし、黒はそういう連想をさせにくい色である。それは書く人の思いを注入するのに適しているのだと、以前、偉い先生が教えて下さった。

白と黒といえば、私には思い出がある。私の母は洋裁が得意で、私が小学生くらいまでは、足踏みミシンで洋服をたくさん手作りしてくれた。幼稚園の頃、白と黒の縦縞のパンタロン・スーツを作ってくれた。当時、大人気の「ピンキーとキラーズ」の今陽子さんが着ているステージ衣装に似ていた。それを、母が丁寧に手洗いして外に干しておいたら、いつの間にか無くなっていた。お気に入りだったのに盗まれたことがショックで、その服の印象は今も鮮明である。そんなことも私の原点の一つかもしれないなぁと、懐かしく思い出したのである。

ほうれん草のカレー

二十五度初夏を思わす春の陽に小学生真似Tシャツを着る

春の醸す陽気に陽炎たつところ彼方に桜の震えをみたり

咲き終えた桜のために義父がまくキラキラ光る噴霧器の毒

ぽったりと普賢象桜おちるとき閻魔の審判ひとやすみなり

我だけのジンクスをもち靴を履く春の魔物に気づかれぬよう

曼陀羅寺とりどりの藤香しく物見の人ら笑顔たやさず

手をのべて九尺藤に触れてみる天の隻手と握手するごと

小手毬が触手のように何探す地球の外の生物のよに

坪庭の小道に添える紫のスミレは香りのカーテンをひく

卓上の十年来の小さき椿枯らして詫びる立夏近づく

名を知りて我の心もはずみけり「狐の提灯」小判草なり

横並びラジオ体操深呼吸みどりの風が部屋を通りぬ

新聞のとどかぬ朝の物足りなさ小さな違和感連休終わる

五月入る夫と散歩の帰り道ほうれん草のカレーをたべる

ゆっくりな椅子取りゲームのごと動く順番待ちする洋食屋の前

冷製のパスタをふくむその頬にトマトは透けて夏が近づく

待ち合わせ見つけた時にぴんと張る糸電話のごとつながる笑顔

ハートの葉ぺんぺん草の柄まとい中国茶会の席につく午後

天窓の銀の光を筮竹（ぜいちく）のごとく受けつつ「四季春」を飲む

米に似た真白きおしべで薫香すベトナム蓮茶を捧ぐよう飲む

桃の画の聞香杯（もんこうはい）をかぐときにまぶたを閉じるくちづけのごと

意思もなく飛びくる黄砂を気にしつつ七番線から電車に乗りこむ

あの中に多くの人生積まれいる旅客機は空を真っすぐに飛ぶ

白々と薄紙のごと昼満月　宇宙へぬける扉であるか

おろし金の突起

青空色ネクタイの子は涼しげに初(うぶ)な感じの立夏美し

新緑に風におされるせかされる五月の夏日Tシャツを買う

地下鉄の路線図のごと色わけの予定をこなし一週間が過ぐ

まだ少し青きバナナをかじりつつ焦心紛らせ窓のそと見る

「就活」の空気が充満する部屋の窓あけたくて階段のぼる

「大丈夫」疑問符でなく感嘆符つけて放せり面接の朝

まじないの歌テレビから流れでて内耳の蝸牛慌てて動く

ハンガーのネクタイするりと音もなく落ちたる床を雑巾かける

あいづちの空気も乗せて生姜するおろし金の突起恐ろしく立つ

待ちじかん絵本にみいる幼子は魚の眼をして瞬きわすれる

停車駅案内路線図一直線　仁王立ちして進路を探す

半歩寄りわれに吊り革ゆずる人どこのだれあれ隣人やさし

けたたましサイレンのごと風強し五月幟(のぼり)にわれは奮わん

知らぬ語を京劇のごと声色でスマートフォンに質問する夫

掃除機がいつものルートをとおり過ぐ晩のおかずを考えながら

無愛想にあいづち打てばポンプ式ハンドクリームべろ出すごとく

コカ・コーラ泡と一緒にぷはと吐く臓にたまりし鬱々なもの

よどみたる不調をなおす「加味逍遙散」ふいに逆立ちしてみたくなる

味噌汁の茄子の切りかた決まりあり　それぞれの家のそれぞれの形

一キロの丸かさね入れ梅漬けるバラ科サクラ属は不思議の実なり

広口瓶梅シロップを作らんと重なる丸は日ごとにしぼむ

朝刊を干支占いから読む母を知らぬまにまね魔除けとするなり

月曜の決めごととして水換えるマリモに話す昨日の出来事

茄子を切る

結婚して三十年が過ぎた。
新婚当時は会社勤めを続けていたので、家事と両立させるのは大変だった。しかし、料理については気合を入れ、レシピ片手にレストランのような料理を目指していた。
そのうち、日常の食事は豪勢なものではなく「おふくろの味」が大切な要素であることに気づいた。夫の母と私の母の味付けが似ていて助かったが、味噌汁の具には頭をひねった。
ある日、味噌汁を食べながら夫が「ナスの切り方が違う」と言う。私は茄子を半月形に切る。夫は長方形が好みで「大根や人参は太めのマッチ棒みたいに細長く」と注文をつけた。味だけでなく、野菜の切り方にもその家のスタイルがあるのだと気づき、ちょっと驚いた。その後はずっと夫の注文通りにしている。
向かいに住む夫の母は料理上手で、ぬか漬けをよく持って来てくれる。大根、人参、キュウリ、そして茄子。ぬか漬けの茄子は縦半分に切って漬けてある。ぬかを洗い落とし、ギュッと絞って少し斜めの半月に切る。実は義母も、ぬか漬けの茄子は半月形に切る。
茄子を切っていると、今でも時々あの日の軽い衝撃を思い出す。

レーダー

好きだった古書市ありし百貨店　完全閉店六月終わる

エレベーターの扉で踊る乙女らに東郷青児は手を振るだろう

「よく見つけたね」と古書市の店主にほめらる『新風十人』

組まれたる文字よ言葉よ活版の『白鳳』ひろげる虫干しを兼ね

ついさきの先人の歌読み終えてさらに先へと戻りて読めり

活字なるニューウェーブの七文字が電磁波のごと脳内に入る

終（しま）うもの変わりゆくもの続くもの　わが脳内に波立ち始む

珈琲の香に髪撫でられ物思い日づけをまたぐ秒針の息

真夜深く門扉の鍵を確かめて星めぐりの歌ひっそり唄う

卓上の白熊は背負う私の一部　液晶画面の指紋をぬぐう

公園にブランコ造る男たち蝶のようなるダボダボズボン

帽子から風切る音がビュンとしてペダルから脚V字にのばす

少年は「また明日ね」と語尾上げて夕日とバットを軽々背おう

枝のかげ車道に二本のびておりくたびれたように投げ出した脚

夜九時の高層ビルの窓明かり巨大な蜂の巣のごとくあり

地上から六十秒で運ばるるジャックの豆の木東京に立つ

雨蛙どこから来たのと眼で問えばコンクリートの街も入梅

八頭身すっくと立ちて花菖蒲　結果待つ身の頼りになりぬ

洗濯を干して取りこむそのつどに雲の形をつい確認す

この家で一番好きは屋上とたびたび思う梅雨晴れの空

物干しの竿よりわれの手に移る脚長き蜘蛛の微かな重み

前脚をレーダーのごと探らせて蜘蛛は誰とも同調はせず

土用入り梅酒飲むかと母が聞く一升瓶を抱えて帰る

ききみみ頭巾

胸に入る梅雨の湿度は放たれた言葉をしっとり忍びやかにする

浮遊するようでいながら留(とど)まりて毬藻のごとく芯まで緑

微睡みと覚醒の線引く脳は季節感ずる心を持ちぬ

午前二時布団の中で深呼吸今日と明日を整理する方法（わざ）

眠られず静かな街の声を聴くききみみ頭巾かぶりて我は

スマホ撫で枕に頭つけたまま人差し指は分身になる

さまざまな「らしさ」の己を記憶する海馬は水槽に立ち泳ぎする

脳内は多数の神のあつまりか曖昧という選択もあり

悪夢さえ予感とすればありがたき我を助けるもう一人の我

手をつなぎ二センチあがる右肩の違和感さえも眠りのスイッチ

朝がくる水の面の波紋のごとく来るを拒めずそう嫌でなく

気まずさよ喧嘩のあとの朝寝坊いくつかの「ごめん」ひとつで済ます

快晴のただそれだけが嬉しくて朝のカフェオレなみなみそそぐ

飛行船重低音のひとり言とぼけたように旋回をする

検診に行くぞと夫に急かされて一枚着替えて口紅ひかず

落ちつかず医師待つ我を見おろして健康喚起のポスターの青年

検診は簡易なれども身構える「いいえ」の多い問診の良き

血圧を計ればまろき掌(てのひら)にジャムパンほどの心臓の乗る

採血の我の血意外に赤黒く溶けているのか邪悪のこころ

体重を計れるときに壁にあるポスターの人と目の合いにけり

心電図つながれシーツの砂浜に寝そべるように耳だけ澄ます

体内にひとつ空き部屋持ちており雑物つめて片づけもせず

母ほどに片づけ上手になれねども肉馬鈴薯(にくじゃが)の味おなじと夫が

夏の宵獺祭のごと饒舌に土産話を父朗々と

年中の腹巻姿ステテコの父に酌して小さき孝行

小さな好奇心

夫が自宅で書道教室をひらいていて、私も手伝いをしている。

ある日、小学三年生の女の子がお稽古を終え、帰る前に「手を洗わせてください」と言う。私は雑巾を洗う手を休め、「どうぞ」と脇へ寄った。

女の子が墨で汚れた手を洗うのを見ていた時、彼女の左手の甲に、ボールペンか何かで小さく何か書いてあるのに気づいた。

「学校の宿題を忘れないように書いてきたの？」

「違うよ、面白い読み方の漢字を担任の先生が黒板に書いてくれるの。それを書いたの」

「何て書いてあるの」

「土産（みやげ）と亜米利加（あめりか）だよ」

「確かに、知らないと読めない漢字だね」
「向日葵(ひまわり)も教えてもらったよ」
私は、この年になって学ぶことが楽しいと気づいたが、子どもの頃は大の勉強嫌いだった。そんなふうに自然に好奇心を持たせてくれる先生がいるなんていいな。
数年後、女の子は引っ越しをした。もう高校生になっているはずだ。例の先生は、今日もどこかの小学校で、知らないと読めない漢字を黒板に書いているかな。

J　室

西荻の友から紅茶いただきぬ夏摘みの葉は濃い弁柄色

体内の窪みから種を取りだして空へ放れり芒種の朝に

葡萄棚二十五房も横ばいに義父は鋏を二度鳴らし切る

白無垢の綿帽子の頬おもわせる薄紙のなか白桃熟す

初夏(はつなつ)の小茄子を漬ける糠床に義母は小声で話しかけおり

子が夏に作りし骨格標本は何年経ちても四十センチ

ジーンズの裾を五センチ折り返す七月の風くるぶしも知る

地下街は蟻の巣穴を思わせる歩き回るよ夏休みの人

あたたかき麦茶の香り広がりて夏が体の真ん中通る

尻尾のない大きな猿の分類にオランウータンと我らも入る

人はなぜ人をつくるのかJ室の彫刻二十体それぞれに立つ

「願いごと」タイトルもちて少女像寄木細工のごと指あわす

胸にもつ鶏は静かに眼を閉じるその木彫の少年やわらか

テーブルにブロンズ像は肘つけて下半身無く浮遊しており

J室で誰かを待ちて靴音聞くデスマスクのよう頭部静かに

そっぽむく二人がすわる台座には「空気の底」のタイトルのあり

うつぶせの裸体反らせし彫刻のちから一番つま先に感ず

二の腕は陶器のごとき肌をして頬にのこりしヘラのあとみる

偽の眼はまぶしさもなしスポットの白き刃が裸体を刺せり

明日なきと思えば我のすることは特別であるか日常であるか

ミレニアム前の年から脱衣場に世界地図あり眺めつつぬぐ

ワンピース背中丸めて脱ぐときに三葉虫の甲羅となれり

タブーとは無縁であるか昼下がり壁にもたれてミントアイスを

鍵あける女

白と黒それしかなくてそれだけで私とわかる線を引きたし

葉から落つ水滴のごと点を打つ　片夕暮れにひぐらしの聲

ひと夏で手ぬぐいの藍あせにけり遠慮がちなる「鎌〇ぬ」の文字

アルミ箔おもわす夏の光吸いアイスコーヒー黒く静まる

苦手なるゴーヤの砂糖漬け菓子を我のためにと作る友あり

ひさびさに実家に帰ればキンカンの薬びん載る下駄箱の上

旅日記あいだに挟みし破れ地図ゆっくり広げる父の手の皺

旅日記よめば初めて父の字をみた気になりぬ忘れていただけ

校庭で草野球する男らの野太い声に蜩かさなる

大人たち影踏み遊びのごと動く挟撃ランナー夕日と沈む

ナイターの真昼でもない明るさに草野球の球スローモーション

八つ切りの林檎が少し冷たいと気づく朝あり秋がはじまる

向日葵の抽象柄の紙ナプキン今日きりにする秋には秋の

届きたるブロンズ色の珈琲メーカー皿洗いの景色秋らしくなる

鍵あける女であればエンジンの音聴き分けて階段おりる

靴片方飛ばしたくなる夕暮れよ「イヤイヤ期なの」と言いたい日もあり

星空も昼間の雲も秋になり猫の形の蚊遣りをしまう

間違いを叱られた日は苦手なる大根おろしをすり続けていた

聞き耳を立ててるような眼をしてる鯵の塩焼き酢橘をしぼる

干されたる白無花果は人体のどこかに似ている小さくなりて

林檎むく長く長くと親指は頬よせるごとナイフに添いぬ

真四角な我が家のうえに丸き月「ようこそ」と声ぼそっとかける

長月の名月満月欠けゆく月三晩の月の明るきことよ

満月が夜の羊に隠れてもその明るさに眠りをわすれる

許しかた誰にも教えてもらえずに深夜映画のモノクローム優し

受け入れる心をつくる器には柔らかき羽を底に敷きたり

一緒にと纏わりつくよに弧を描くさみしがり屋の落葉と散歩

ひとつだけ叶わぬことの有ってよし灯点し頃の風がそう言う

ひとりきり宵の明星願かける流れ星よりゆっくりこっそり

鍵をあける女

我が家は狭いながらも一戸建て。正面から見ると左右に離れて二つのドアがある。向かって右は家族が出入りするプライベート用、左は書道教室のドアである。建坪はそれほど広くないため一階は教室のみ。生活のほとんどが二階なので、教室のない時は用心のため、二つの玄関ドアは厳重にロックをしている。

我が家のルールに「外出と帰宅時には声をかけること」がある。私は、夫と息子が出かける時は外まで見送りに行く。実家の母がしていたように、私も自然とそうしている。

見送りは大変ではないが、帰宅時はそうはいかない。夫は必ずインターホンを押して帰宅を知らせる。私は料理やアイロンがけなどを中断し、二階から鍵をあけに急いで階段を下りる。鍵は家族三人それぞれ持っているのだから、勝手にあけて入ってくれれば助かるが、夫の鞄の中はいつもごちゃごちゃで鍵を見つけるのが面倒らしい。

今は社会人の息子が、大学生だった四年間、書店でアルバイトをしていた。普段は自分で鍵をあけて入ってくるが、アルバイトの日だけは違っていた。立ちっぱなしの仕事はくたくたになる。帰宅は午後十一時十五分と決まっていたので、私は気をきかせて鍵をあけておくことにしていた。息子と私の暗黙の決め事なのだが、二度ほど、うっかり鍵をあけ忘れていたら、なんだか不機嫌だった。

ところが息子は、夫の帰宅時のインターホンを聞くと、自分のことは棚に上げ「親父も鍵持ってるんだろ」。世話のやける奴だと言いたげだ。

そんな風に二人のために鍵をあける私は、「家族の教育に失敗したかな」とチラッと思うのだが、「これも運動、足首キュッと細くなーれ」と前向きに思い直す。

息子が社会人になり独立してからは、夫婦二人暮らしになった。以前より鍵をあける回数は減ったが、相変わらず夫の鞄の中はごちゃごちゃしている。夫は高校と文化センターで講師をしていて毎日忙しい。今日も私は大急ぎで階段を駆け下り、戦士のために鍵をあける。

シリウス瞬く

子に向かうトンボのパレード飄々と笛吹男どこへ行ったか

ゆっくりと沈殿するよな夕暮れに街のため息そのなかに消ゆ

不覚にも杖もつ人を横切ればコツコツコツコツ耳叩く音

こころ凪ぎ湯船につかり雨を聴く体の水の流るる音する

さわさささ夜風冷たき窓ぎわに立てばなおなお温もりのあり

記憶から閉めだしたはず雪の日に池をたずねる夢をまたみた

やわらかな寝返りうちて引きよせる忘れた時間が帰りくるとこ

白濁は意識か朝か閉じたままささやくような雨音を聞く

紫のガレの苧環たちあがる秘密を隠す花入れのくち

森のおく摘みたる花を映す花器エミール・ガレの翡翠色哀し

ぽってりと厚き硝子は花びらを閉じこめたるようガレのアイリス

教会のバザーで手にしたティーカップ離れし人の唇おもう

隠れ家のように静かな図書館で本の頁が指紋を舐める

書評読みたずねた本のおもてには柔き羊と「人質」の文字

ぴったりと空気含まぬ新刊本深呼吸して開く音聴く

飛び飛びに座りし人等それぞれに蝶の形に頁を開く

図書館の勉強室の空気借り無沙汰の友に詫び状を書く

秋ゆえに夜長を理由に夜更かして深読みをする届きし手紙

風邪薬まよいて選べば町の絵のビニール袋につめて渡さるる

自販機に缶のお汁粉みつけては冬のきたのを嬉しがったり

星座さえ探せぬほどの星の群れプラネタリウムは宇宙船になる

砂浜のごとき星群れ見上げんと椅子を倒せば三日月ならぶ

よき席に着きしとおもい星見上ぐプラネタリウムに夫と並びて

鬱々とせし気を二つ闇にとじ大三角形あかつきに消ゆ

光年のシリウス瞬くそのときに輪廻のわれの粒は在りしか

しらじらと東の空の天体のリレーは日毎に空気を澄ます

隕石の2センチほどのペンダント星の骸（むくろ）をあたためる胸

バスが来るまで

ふろふきの蕪まっ白くつつましく老猫ねむる丸みを愛す

コーナーのぱらぱら漫画をめくるごと時の加速が始まる霜月

ビル風は思いがけなきところから本気で唸りなにか伝える

たちまちにたそがれる町しんとして蝙蝠一羽迷うよに飛ぶ

低き陽に押し出されるよに冬満月高くのぼりて神の洋燈(ランプ)に

星凍てて溺れるような深い空かばんの中の電話が光る

ここにいると高鳴く百舌の鋭さと反比例する冬支度の羽

邪鬼ふせぐ柊の葉のとげとげのあいだに白き小花は群れり

立冬の朝に石蕗咲くをみる艶めく緑に黄色は冴える

肩すぼめバス待つ人らの白き息ふうぽっぽとリズム異なる

団栗に似たる髪した幼な子は肩を上げ下げバスが来るまで

のしのしと「だいだらぼっち」師走くる重き時間が跳ぶように過ぐ

「この席は七人掛けです」明記あり八人座る師走の朝に

影法師くろくのびたる分身よ太陽の手は背にあたたかし

ときの瀬のリズムに乗れぬこころあり発破をかける我もまたあり

玉蒟蒻ふうふうはふぉふぉと歯を立てる蔵王の樹氷思い出しつつ

ひとつずつお節料理の下ごしらえ野菜の肩をまあるく削る

まな板にぎらりぎらりと脂みゆ寒鰤を切る猫の手をして

今様の強き魔除けはどれなるか時間をかけて買うしめ飾り

水の神　火の神　仕事部屋の神　萬の神に餅を供える

あたらしき年へと向かう坂のよう子らは自転車立ち漕ぎして過ぐ

寝転べば下から見上ぐ日めくりの厚みに抱くあたらしき日々

雨やみて除夜詣へと腰上げる夫の手袋熊のごと大

手袋をつけてつなげばさみしくて空いた左手オリオンを指す

年またぐ二年参りの列につく玉砂利ジャッジャッと冷気も踏んで

重箱の右肩にある桜柄いつものように義母へと向け置く

一族の笑顔集いし元日に今年もおなじ武勇伝聞く

着替え競争

夫は毎朝六時二十五分からのテレビ体操に合わせて、私より少し早く起きる。
「けさ、すごく不思議な夢を見たよ!」と言って、起きたばかりの私に大急ぎで夢の話を始めた。
それは「着替え競争」をした夢だった。相手は誰かわからないが、一対一で男性と対戦。着ている服を脱いで下着姿になっては違う服に着替えるのだが、勝敗はよくわからない。四回戦か五回戦目、ズボンを脱いでシャツのボタンを外しているところで、目が覚めて驚いたという。パジャマの前がはだけ、ズボンは膝まで下がっていたそうだ。
朝食を食べながら、スマートフォンで夢占いを検索してみた。着替え競争に直接当てはまるものはなかったが、着替える夢は「新しい自分に変わりたい願望、秘密がばれてしまう暗示、運気の変化の象徴」などとある。
ならば、急いで着替える夢の診断は、着替え競争に近いのではと診断を興味深く読むと「解決しないといけない問題が限界に近いところまで来ている。スピーディーな対応を」とあった。
なぜそんなことが夢からわかるのか？ 深層心理というものか。私は見た夢をすぐに忘れてしまうが、その違いは何だろう。夫は「だんだん忘れてきたよ」と、トマトジュースを飲みながら笑っている。

３７３便

桐箱に二十余年の眠りあり帯という名の小さなミイラ

誰もみな二百万個の卵子のひとつ薄桃色の子宮はラララ

睦び月家族の想い出つくるべし新潟へゆく雪をみにゆく

ふわふわと翼も私も大揺れで新潟へ飛ぶ３７３便

飛行機が苦手なスサノオ熊の手を私のちいさな右手にのせる

雪囲い雪のない木は寒々とさながら人体骨格標本

阿賀野川ひたすら遡り力尽く鮭はわれらと並列にあり

雪のない五頭連山はむきだしで照れ笑いのごと雪見船軋む

三人で写真を撮ってもらうとき「V」の形にわれは真ん中

月岡で赤の他人と風呂に入る地球の家族になる数分間

湯上りて風にほろ酔う男がふたりどちらも等しきおもい人なり

足音は同じなれども靴下の穴のあく場所違う父と子

新潟に来てまでゲームするヤツに消灯頼んで隣で眠る

赤ん坊と寝顔おなじとつぶやいて猫の歩調で朝風呂へいく

朝食の庄内米は真白なり子は乳歯二本いまも持ちおり

荒々し笹川流れをなぞりゆくバスの時速に歳月のせて

オーライを繰り返す白き手袋よどこの訛りかふるさとのあり

水槽に透明なこころ遊ばせて加茂に集いし「古事記」の海月(くらげ)

我に笑む夫に想い女あったことナビゲーターは磁石を信ず

黒板消しわっと動かし消した日々チョークの跡のように残れり

「相馬楼」眠り続ける船箪笥　夢二の黒猫しゃなりと通る

黒帯の息子に旅情をたずねれば酒田舞娘に見惚れしと笑む

土産には美味し消えもの買いにけり「〆張鶴」は祝杯のため

二人して朝の散歩の静けさよ銀鼠色の息をはく夫

文旦の黄

蝋梅も万年青も庭は真白にて踏みだすことをためらわす朝

教会の赤き屋根にも雪つもり線描画のごと小正月の朝

道端に忘れおかれし手袋は温もり消えて横たわる鳩

霜よけを大きな甕にほどこせりそっと覗けばめだか隠れる

紙ほどの薄き氷の張りし朝めだかの無事を確かめる義父

電線の雪は斜めにふりおちて花吹雪のごとなごりの舞台

如月を光の春と友が呼ぶ森羅万象ものみなあたらし

回していた蛇口を今は捧ぐごと片手で上げる日に何度でも

水道水ひとさし指で確かめて湯になるまでを解けゆく誤解

毎朝の紅茶を今朝はかえてみる生姜のかおり寒冴えかえる

客人はオリオン星座を背に来たり土産の林檎さくさくと食む

大寒を過ぎて春まで二週間季節おろおろ寒暖のあり

春恋し冴えたる黄は檸檬にも似たる香りのザボンをもらう

立春は雨さえ春を感じさす大き丸なる文旦の黄

そろそろとマフラーをやめ散歩にゆけば季節感じる女のうなじ

Tシャツが似合う青年四月から白きYシャツ毎日装う

薄皮がするりとむけたゆで卵おもい返せり子育てのコツ

若き日にわれもたたきし減らずぐち息子の口に仁王立ちする

ほころびし息子の手袋つくろえば額の裏に母の背浮かぶ

とがりたる葱坊主に似た髪の子よ葱のにおいに邪気退散せよ

新聞のすべての頁読まぬごと知らぬこと多き離れし息子

幼き日手をつなぐこと嫌がった男と握手をして送りだす

中古車で巣立ちゆく子を祝うよな桜吹雪に「ありがとう」をいう

風に乗り桜はなびら玄関に「さよなら」言いに静かに入りぬ

子は発ちて置いてきぼりの弥生尽しみじみせいせいわれの存在

われの背の三分の一の高さなる檸檬の若木を迷わずに買う

古書店めぐり

　昨年の六月、名古屋の老舗デパート「丸栄」こと丸栄百貨店が閉店した。ショックだった。毎年七月に八階の大催事場で開催される「丸栄古書即売会」に行くのが楽しみだったからだ。
　初めて古書に興味を持ったのは六年前。私は短歌結社の「日本歌人社」に入会したばかりで、仲つとむ先生から「古い本だけど、どうぞ」と角川文庫の『前川佐美雄歌集』を頂いた。
　前川佐美雄先生は、昭和九年（一九三四）に「日本歌人社」を創設され、平成二年（一九九〇）に八十七歳で死去。結社は長男の前川佐重郎先生が継がれた。
　その歌集は、昭和三十四年発行の初版本。古い漢字で「定價八拾圓」とあった。ほんの一〇〇グラムほどの薄い文庫本、カバーの半透明のパラフィン紙は歳月を経てセピア色に乾燥し、そっと触れただけで粉々になりそうだ。約六十年の過ぎた時間を一緒にもらったような、不思議な気がした。

本を開くと佐美雄先生が林の中を大股で歩く白黒写真があった。知的な横顔、スラリとした姿。背広のポケットに片手を突っこみ考えごとをしているように見える。

それがきっかけとなり、「佐美雄先生のほかの歌集も探してみようかな」という気持ちになった。出かけた先の町で古本屋を見つけると、迷わず入るようにもなった。

友人が「インターネットで検索すれば、すぐ見つかるよ」と言うが、すぐ見つかるのはつまらない。雑多な中から探すのが面白い。丸栄の古書市はなくなってしまったが、私の古書店めぐりはこれからも続く。

脳内シナプス

雲ひくき空よ晴れろと願いつつ乾いた音でフランスパン切る

枯れ草にかくれんぼする雀らの無邪気な囀り春を呼ぶよう

雲間から天使のはしご合歓の葉はまつげ合わせてもの思いする

遮断機の警報音も軽やかな立春の午後雲ひとつなし

春立ちぬ霙(みぞ)れる予報のくつがえり鈴蘭通りで食パンを買う

木蓮が膨らみはじむと話いる二人を追越し改札を出る

とどまらぬ時間に悶えるように鳴く鵯(ひよどり)は波形崩さずに飛ぶ

日脚伸び飛ばされそうな風うけて競いながらも自転車を漕ぐ

寒明けに横座りして蜜柑むく指あてるときひときわ香る

誰彼と開花待ちいる三月の淡雪ふればわれは渇ける

盲目のサスライアリは群なすと深夜放送は啓蟄の日の

難解な憂鬱という字のごとき春ひだまりの縁に猫の寝そべる

ぼんやりと鉛筆転がしのどかなり耳すませ聴く春の吟頌

春かなし誘いは来ぬかと落ち着かず怠惰のいまのその心地よさ

店先の鶯、桜、草餅が先をあらそい春を呼び込む

菓子折りの中に懐かし紙風船ひらかずにおきその音をおもう

買い換えし風の名のつく洗濯機ドラムのなかに春一番が吹く

無欲にはなれず墓前であれこれと頼みごとする春分の朝

落花さえ美しき束縛ときの間を白木蓮は咲き狂いたり

残り湯の追い炊き時間の早まりて人魚のように脚を伸ばせり

オブラートに包まれるごと夜深み我の脳内シナプス眠る

我のただ一つの細胞より生まれ大きく渦巻き離れゆく風

フランスの塩の空き瓶ひっそりと食器棚の奥　乳歯は眠る

ロボットのティーチングする息子にも辿れば我のミトコンドリア

四つの文字だけのゲノムで作られたらしい我らは百面相もつ

風通る街頭でふと立ち止まる風が私の気配を消せり

何一つ無駄な時間はないのだと一瞬眠った映画館をでる

ごちゃごちゃの胸の小箱に仕舞いこむ生きるというはせわしきことよ

洗面のタオルの皺をぴんと張る几帳面なり始まりの季は

夫の桜

夫の実家には桜の大木が一本ある。門塀のすぐ内側にあり、枝は南側の道路へと飛び出している。大型トラックが通ると、枝の先がトラックの屋根のあたりを撫でるほど大きくて立派だ。幹は直径五十センチ以上あり、地面から一メートルほどのところで大きく二つに分かれている。

三十八年前、わが夫は大学入試が上手くいかず、一年間、予備校に通った。卒塾式の帰り際、記念にと桜の苗木が全員に手渡された。親指ほどの太さのゴボウのような一本の苗木は「これが桜？」と、疑うほど弱々しいものだったそうだ。大勢の塾生が、受け取った苗木を道に捨てて帰る中、夫は家まで持ち帰り、それを父親が庭に植えてくれた。木が低いうちは何度か植え替えをしたが、居場所が変わっても桜は枯れなかった。

春になると、「ずいぶん大きくなったなぁ」と夫は毎年言う。丈夫で順調に育ったようだが、実は毎夏、毛虫が大量発生するため、花が終わると秋まで数回、義父が防虫剤を散布してくれる。

満開のころになると散歩の人が足をとめ、携帯電話やスマートフォンで写真を撮っていくこともある。夜は門灯に照らされいっそう風情が出る。今年も三寒四温の季節が巡ってきた。桜のつぼみがそろそろふくらむ。

あとがき

短歌とエッセイをまとめた本書を出版すると決め、仕事や家事の合間に、時には真夜中までじっくり原稿と向き合った。

ところが、まとめた原稿を改めて読み返してみると、急に平凡でつまらないものに思えてきた。ドラマチックな展開のない「後藤家の日常」とでもいう内容に、「こんなの読んで面白いだろうか?」と不安になった。同時に、「いよいよ本作りのスタートだ」と奮起する気持ちもあり、相反する不思議な感情を抱えたまま原稿を編集長に手渡した。

その帰り道、書店に寄ると、歌人の穂村弘さんの新刊が出ていた。タイトルは『あの人に会いに　穂村弘対談集』。〈「よくわからないけど、あきらかにすごい人」に会いに行く〉とある。詩人の谷川俊太郎さん、イラストレーターの宇野亞喜良さん、写真家の荒木経惟さん、漫画家の萩尾望都さんなどとの対談集だ。前夜から頭の中にあった「平凡でつまらないもの」という言葉に対して、非凡な才能の持主はどんなことを考えて創作をしているのか。興味津々、迷わず買い求めた。私の好きな美術家の横尾忠則さんの名前もあり、帰りの電車でそのページから読み始めた。そしてショックを受けた。

横尾さんは、「表現のオリジナリティなんて必要ないんじゃないかな」と言い、「手にするものがすでにインスピレーションだと思いますね。ぼくはいつも表現者はインスピレーションの大海の中を漂っているように思います」と言う。

私は短歌やエッセイを創作するとき、ひらめきを大切に、私らしくをいつも意識していた。「オリジナリティ」こそが創造の源であると考えていたからだ。

そうか、オリジナリティなどと言って構えていてはダメなのだ。日常の中にも発見や特別な瞬間がたくさんある。心をオープンにしておこう。「出版は新しい何かを連れてくる」と聞いたことがある。新しい風が吹くのが楽しみだ。

＊

出版に際し、日本歌人社、主宰の前川佐重郎先生、仲つとむ先生、百々登美子様、エッセイストの内藤洋子先生に深く感謝するとともに、劉永昇編集長はじめ風媒社の皆様、装幀デザインの加藤桂吾様、表紙画の飯田明子様に厚く御礼申し上げます。

後藤由美香

二〇一九年六月二六日

［著者略歴］
後藤由美香（ごとう　ゆみか）
1963年生まれ。名古屋市在住。
定型をもつ短歌と、自由なエッセイの両方の魅力にひかれて言葉を探す日々。

装画 ◎ 飯田明子

装幀 ◎ 加藤桂吾

歌文集　鍵をあける女

2019年6月26日　第1刷発行　（定価はカバーに表示してあります）

著　者　　後藤 由美香

発行者　　山口　章

発行所　名古屋市中区大須 1-16-29
振替 00880-5-5616 電話 052-218-7808
http://www.fubaisha.com/
風媒社

＊印刷・製本／モリモト印刷　　乱丁本・落丁本はお取り替えいたします。

ISBN978-4-8331-5365-2